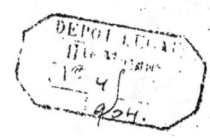

UNIVERSITÉS DE FRANCE

AGRÉGATION DES FACULTÉS DE DROIT
(SECTION DES SCIENCES ÉCONOMIQUES)

CONCOURS DE 1903

COMPOSITION
D'ÉCONOMIE POLITIQUE

Faite en 7 heures, le 8 Octobre 1903

PAR

A. DUBOIS

LICENCIÉ ÈS LETTRES

CHARGÉ DE COURS A LA FACULTÉ DE DROIT DE L'UNIVERSITÉ DE POITIERS

PARIS

LIBRAIRIE NOUVELLE DE DROIT ET DE JURISPRUDENCE

ARTHUR ROUSSEAU, ÉDITEUR

14, RUE SOUFFLOT ET RUE TOULLIER, 13

1903

LES PLUS-VALUES FONCIÈRES DANS LES VILLES

1. — QUE FAUT-IL ENTENDRE PAR PLUS-VALUE FONCIÈRE. — LA PLUS-
VALUE FONCIÈRE ET LA RENTE. — IMPORTANCE DE LA QUESTION.

La théorie de la rente du sol, à laquelle le nom de Ricardo est
resté attaché est, on le sait, l'une des principales doctrines que
nous ait léguées l'Economie politique classique. On sait également
que cette théorie — comme un certain nombre d'autres élaborées
par la même école — constitue l'une des armes avec lesquelles on
s'est attaqué à l'ordre social existant. La théorie de la rente a été
reprise notamment par Rodbertus et par Karl Marx, qui lui ont
apporté d'ailleurs de sensibles modifications ; elle fournit toujours
l'une des plus puissantes objections que l'on élève contre la légi-
timité de la propriété foncière individuelle.

Mais Ricardo n'avait analysé que ce que nous appelons aujour-
d'hui la *rente différentielle*, résultant notamment de l'inégalité de
fertilité et de l'inégalité des avantages de situation dont jouissent
les diverses catégories de terres successivement mises en culture (1). Il avait montré comment, à certaines conditions sur lesquelles nous n'avons pas à insister, certaines terres jouissent d'une
rente *par rapport à d'autres* et, pour ce motif, procurent au propriétaire un revenu qui n'est pas le fruit de son travail. En outre,
Ricardo n'avait guère en vue que la propriété rurale cultivée et
non la propriété urbaine.

Or, un terrain, considéré isolément, abstraction faite de toute

(1) Ricardo avait également montré comment le propriétaire jouit d'une rente par
suite de l'inégale productivité des diverses quantités de travail ou de capital successivement appliquées à une même terre.

comparaison avec d'autres, peut au cours du temps augmenter considérablement de valeur (1) sans que le travail du propriétaire ait en quoi que ce soit contribué à cet enrichissement. Ricardo distinguait diverses catégories de terre A, B, C, D, d'après leur fertilité plus ou moins grande ou leur emplacement plus ou moins avantageux. Les terres A donnent une rente par rapport aux terres B, C, D, les terres B donnent une rente par rapport aux terres C et D et ainsi de suite ; les terres D ne donnent pas de rente. Or, prenons un terrain appartenant à la dernière catégorie D ; s'il ne donne pas de rente, au sens où Ricardo entend ce mot, il n'en est pas moins sûr qu'il peut, comme nous l'avons dit, recevoir une plus-value que le propriétaire n'aura en rien gagnée par son travail ou l'emploi de son capital ; cette plus-value sera un *unearned increment* au même titre que la rente différentielle. Ce phénomène se manifeste souvent d'une manière particulièrement éclatante dans les villes. Aux Etats-Unis des fortunes colossales se sont constituées par suite de plus-values de terrains urbains ; dans les vieux pays d'Europe plus d'une famille s'est enrichie de la même manière. Aujourd'hui même, la question des plus-values foncières dans les villes a pris une importance singulièrement plus grande que celle de la rente du sol (au sens de Ricardo). La concurrence de l'agriculture des pays neufs et d'autres causes encore ont amené une baisse notable des fermages et, par suite, de la valeur des terres dans l'Europe occidentale ; or, tandis que pendant les vingt dernières années du xixᵉ siècle la propriété rurale se dépréciait ainsi dans la vieille Europe, la propriété urbaine ne cessait d'augmenter de valeur, au moins dans les grandes villes. Aussi la théorie de Ricardo paraît à l'heure actuelle un peu vieillie — on met même quelquefois en doute son exactitude — parce que les condi-

(1) Il est bien entendu que nous parlons de valeur et non de prix, c'est-à-dire que nous faisons abstraction de l'augmentation des prix nominaux due à une dépréciation des métaux précieux.

tions que, explicitement ou implicitement, son théorème suppose réunies ne se rencontrent qu'exceptionnellement dans la pratique ; au contraire, la question des plus-values foncières dans les villes a conservé toute son actualité.

II. — DES CAUSES DE PLUS-VALUES FONCIÈRES DANS LES VILLES.

Quelles sont les causes de ces plus-values ? Elles sont diverses. Il en est que l'on peut qualifier d'exceptionnelles. Une ville surgit sur des terres jusque-là livrées à la culture : c'est un coup de fortune pour les propriétaires de ces dernières ; les entrepreneurs vont leur en offrir des sommes 100, 200, 500 fois supérieures aux prix auxquels ils auraient pu les vendre auparavant. Le fait s'est produit fréquemment aux Etats-Unis ; parmi les fortunes énormes dont nous parlions plus haut on cite notamment celle des Astor qui a eu cette origine.

Il se peut simplement aussi qu'une ville fortifiée envahisse brusquement une partie des terres cultivées situées à sa proximité, parce qu'après avoir été longtemps enserrée sur un étroit espace, ses remparts sont reculés (1) ou abattus (2). Dans cette hypothèse, d'ailleurs, les villes ou l'Etat profitent, eux aussi, de plus-values foncières parce qu'ils sont propriétaires des terrains rendus libres et qu'ils vendent en totalité ou en partie aux particuliers.

Ces causes de plus-values sont en somme assez rares. Il en est d'autres plus fréquentes et dont l'action est plus continue parce qu'elles sont le résultat du développement ou de la transformation économique du pays. Il faut citer en première ligne l'accroissement de la population générale qui peut être plus ou moins rapide mais qui constitue l'état normal d'un pays prospère.

(1) Nous citerons comme exemples Paris et Lille.
(2) Nous citerons comme exemple Douai. A l'heure actuelle, en France, le démantèlement d'un certain nombre de villes est décidé, il est commencé dans quelques-unes.

Plus spécialement, les plus-values de la propriété foncière dans les villes sont la conséquence de l'accroissement de la population urbaine et l'accroissement de la population urbaine peut à son tour être dû à des causes multiples. Le développement de l'industrie dans un pays tend à concentrer la population dans les villes, principalement à une époque où le machinisme nécessite, pour être rationnellement et économiquement employé, l'agglomération d'ouvriers nombreux dans de vastes usines. Le phénomène est surtout apparent dans un pays comme l'Angleterre où l'industrie manufacturière l'emporte sur les autres branches de la production. De même, la population tend à s'agglomérer dans les villes lorsque l'agriculture subit une crise, lorsque ses procédés se transforment (ainsi quand l'emploi du machinisme tend à réduire la main-d'œuvre agricole), lorsque les pâturages sont substitués à la culture en céréales, comme cela s'est produit en Angleterre au xvi° siècle, etc.

Plus spécialement encore, l'accroissement de la population et par suite les plus-values foncières dans une ville peuvent être dues au développement de son industrie locale, à l'extension de son commerce (par exemple dans les ports de mer), aux agréments qu'elle présente à raison de sa situation au bord de la mer ou en montagne, de son climat, des travaux publics qui y ont été accomplis dans un but esthétique ou hygiénique, etc.

III. — LES VARIATIONS DES PLUS-VALUES FONCIÈRES DANS LES VILLES.

Jusqu'à présent nous n'avons étudié que les causes de plus values foncières *générales* dans les villes. Mais, dans une même ville, le mouvement de la plus-value foncière est très variable suivant les différents quartiers (ici la question de la plus-value se rapproche, d'une manière assez apparente, de la question de la rente ricardienne). Certains travaux publics, comme le percement d'une rue, la construction d'une gare, d'un théâtre, profitent naturellement plus aux propriétés riveraines ou voisines qu'aux propriétés éloignées. Certains quartiers sont toujours recherchés plus que d'autres à raison de l'agrément de leur situation, parce que l'on désire éviter le spectacle et le contact des misères sociales, ou se rapprocher des lieux de promenade, etc. Enfin, il faut aussi compter avec les goûts changeants du public, avec cet ensemble de causes imprécises (1) que l'on appelle la *vogue* ou la *mode*. Les promeneurs viennent-ils à déserter tel endroit jadis très fréquenté, pour se porter ailleurs? Aussitôt les magasins se déplacent, la propriété foncière se déprécie dans les quartiers abandonnés et sa valeur augmente dans ceux vers lesquels la foule se dirige comme inconsciemment, par instinct, ou par esprit d'imitation. C'est ainsi qu'à Paris les grands boulevards ont attiré peu à peu les magasins autrefois établis au Palais-Royal, d'où est résultée une baisse énorme de valeur des immeubles situés à ce dernier endroit. Et ce n'est pas seulement parmi la foule des badauds et chez les commerçants obligés de suivre les fantaisies de ces derniers que l'on constate ces migrations qui bouleversent la valeur des propriétés foncières urbaines ; il en est de même chez les hautes classes, dans le monde où l'on n'est un homme élégant et bien coté qu'à la condition d'habiter tels quartiers et non tels autres.

En somme, si la plus-value foncière de la propriété urbaine diffère de la rente du sol étudiée par Ricardo, ces deux phénomènes n'en peuvent cependant pas moins être ramenés à un principe unique. Si l'on va au fond de la doctrine de Ricardo et si l'on recherche la cause dernière de la plus-value foncière dans les villes, on aboutit aux deux propositions suivantes : l'étendue de la terre est limitée, le propriétaire est donc investi d'un monopole

(1) On a cru cependant découvrir une régularité dans les déplacements de la population urbaine et l'on soutient que les villes se développent toujours vers l'Ouest.

vis-à-vis de ceux qui ne détiennent aucune part du sol ; or, le besoin que l'on a de la terre va croissant, le propriétaire peut donc faire payer de plus en plus cher l'usage de la terre qu'il a monopolisée.

IV. — CRITIQUES SUSCITÉES PAR LES PLUS-VALUES FONCIÈRES DANS LES VILLES.

Par suite, la plus-value foncière urbaine a fourni contre la propriété des critiques du même ordre que la rente du sol. C'est surtout l'américain Henry George qui a insisté sur ce point. La plus-value, dit-on, est injuste, car elle n'est pas le résultat du travail ; elle n'est même pas le résultat de l'emploi d'une quantité supplémentaire de capital. Un individu enclôt un terrain dans une ville et le laisse improductif ; de ce fait, sa fortune va peut-être doubler, tripler.... ; il s'enrichit en dormant par suite du développement économique général dû au travail des autres. Le percement d'une rue construite aux frais de tous va de même causer l'enrichissement de quelques propriétaires !

Non seulement ce résultat est *en lui-même* injuste ; non seulement il est immoral qu'un petit nombre d'individus s'enrichissent dans loisiveté, il y a pis. Leur fortune est faite de la misère du plus grand nombre ; la plus-value foncière se traduira par une augmentation constante des loyers qui causera des souffrances particulièrement vives parmi la classe ouvrière. Dans le budget du travailleur, le logement est l'une des plus lourdes charges auxquelles il doive faire face ; le loyer absorbera une part de plus en plus considérable de son salaire et il sera de plus en plus mal logé ; il s'étiolera, lui, sa femme et ses enfants, dans des taudis et il sera attiré vers le cabaret où il trouve un luxe relatif et où il sera victime de l'alcoolisme comme peut-être de la tuberculose au logis.

Enfin, la plus-value foncière cause préjudice à la société tout
entière. Le propriétaire qui escompte la plus-value future est in-
cité à laisser son terrain inoccupé et improductif, car il calcule
que plus longtemps il attendra, plus cher il le vendra. La société
se trouve privée, pendant une période qui peut être longue, des
services que ce terrain lui eût rendus si l'on s'en fût servi confor-
mément à son emploi le plus productif, c'est-à-dire si on l'eût cou-
vert de constructions. C'est là, dit-on, l'une des « limitations ren-
tables de la production » (1) au moyen desquelles le propriétaire
accroît ses jouissances au détriment de la société. C'est là l'une
des sources de pertes de richesse sociale inhérentes au droit de
propriété.

Comme remède à cet état de choses l'on a proposé deux catégories de moyens : 1° la *nationalisation* ou la *municipalisation* du
sol ; 2° un impôt absorbant la totalité de la plus-value qui n'est
due à aucun travail. Par l'un ou l'autre de ces moyens la plus-value qui est le fait de la société tout entière profiterait à la société
tout entière ; le premier supprime la cause et l'effet ; le second
l'effet seulement.

V. — Appréciation.

Que l'existence de plus-values foncières qui ne sont pas dues
au travail soit *en elle-même* injuste, c'est ce que nous ne cherche-
rons pas à nier. La plus-value est le résultat d'une heureuse
chance. Mais il est inévitable que la chance joue un certain rôle
dans les affaires humaines. Il est injuste que l'un naisse plein de
vigueur et de santé, l'autre maladif et condamné à une mort pré-
maturée ; il est injuste que l'un soit doué d'intelligence et de ta-
lent et que l'autre soit un faible d'esprit, mais qu'y faire ?

(1) V. sur ce point Landry, *De l'utilité sociale de la propriété individuelle*, thèse
de doctorat ès lettres, soutenue en Sorbonne, 1900.

En outre, il convient de remarquer, dans notre espèce, que si le propriétaire urbain a pour lui de bonnes chances, il est également exposé à de mauvaises. Les spéculations sur les terrains situés dans les villes sont très aléatoires ; nous en avons pour preuves les faillites fréquentes des sociétés immobilières parisiennes. Lors de la dernière exposition universelle, à combien d'échecs n'ont pas abouti les constructions d'hôtels ! Combien de déceptions pour les sociétés qui avaient escompté les plus-values que cette grande entreprise pouvait, en effet, apporter aux propriétés dont elles s'étaient rendues acquéreurs !

Non seulement la plus-value peut ne pas se réaliser ; mais, de plus, une fois qu'elle s'est produite, elle peut disparaître. Nous avons exposé précédemment quelques-unes des causes qui peuvent produire la dépréciation des immeubles urbains. Nous avons parlé de la mobilité de la population dans les villes et cité l'exemple des immeubles du Palais-Royal à Paris dont la valeur a été considérablement diminuée par suite de l'exode des magasins, et surtout des magasins de bijouterie, vers les grands boulevards. Ajoutons ici que les propriétaires fonciers urbains ont également à redouter le développement de la banlieue ; ils ont à craindre qu'une partie de la population ne se porte vers les quartiers situés *extra muros* ou vers les localités voisines où elle trouvera, à des prix plus bas, des habitations plus vastes et plus hygiéniques. La multiplication des moyens de transport, des tramways de pénétration, l'organisation par les Compagnies de chemins de fer de trains ouvriers à tarifs très réduits ont rendu ce danger très redoutable. Les risques sont donc grands. Pour qu'un individu les affronte en entreprenant de procurer le logement à ses semblables, il est nécessaire que l'espoir de gros bénéfices l'y incite.

Ajoutons que rarement la chance seule produit la plus-value ; dans une mesure plus ou moins large celle-ci est également presque toujours le résultat d'un calcul qui s'est trouvé juste, d'une combinaison heureuse ; elle est la récompense de la rectitude de jugement du spéculateur et d'un certain travail.

Mais, dit-on, ce travail, ce calcul n'existent même pas, la plupart du temps, dans le cas où la plus-value résulte de travaux publics. L'immeuble qui bénéficie d'une augmentation de valeur par suite, par exemple, du percement d'une rue ou de la construction d'une gare peut avoir été édifié à une époque où personne ne songeait à cette rue, à une date où la ligne de chemin de fer n'existait même pas à l'état de projet ! Sans doute, répondrons-nous, mais ici encore il est inévitable que tels travaux publics donnés procurent à quelques-uns des avantages spéciaux qu'ils ne procurent pas à d'autres. D'ailleurs ceux-ci à leur tour en retireront peut-être d'autres profits dont les précédents ne jouissent pas. En outre, si le percement de la rue a profité d'une manière spéciale à certaines personnes, l'établissement de la gare profitera peut-être d'une manière spéciale à d'autres. Il s'établit ainsi entre les uns et les autres une espèce de compensation des avantages, comme d'ailleurs aussi des inconvénients, d'où résulte non pas sans doute la justice absolue que nous ne pouvons pas espérer de voir réalisée sur cette terre, mais une injustice moindre qu'on ne veut bien le dire.

Nous croyons devoir faire encore observer que la plus-value, une fois qu'elle est apparue, ne tarde pas à être capitalisée ; il en est ainsi dès que l'immeuble vient à changer de mains. L'acheteur doit payer la plus-value ; elle est comptée dans la part de l'héritier ; de telle sorte que si elle constitue un *unearned increment* pour l'ancien propriétaire il n'en est plus de même pour le propriétaire actuel.

Nous avons vu que, pour critiquer la plus-value foncière, on s'est placé non seulement sur le terrain de la justice mais encore sur celui de l'utilité sociale. Elle est, dit-on, une cause de diminution de richesse pour la société parce que, pour l'accroître, le propriétaire a parfois intérêt à laisser son terrain inemployé. Nous ne soutiendrons pas que, toujours et dans tous les cas, le propriétaire emploie sa propriété à l'usage qui serait socialement le plus productif. Mais nous pensons que si la société éprouve quelques pertes par suite du droit absolu conféré au propriétaire, ces pertes sont tout à fait négligeables en comparaison des avantages que lui procure l'institution de la propriété, laquelle est le plus puissant stimulant au travail et à la production que l'on ait encore imaginé jusqu'ici.

D'ailleurs, si nous repoussons la nationalisation de la terre, système qu'il serait hors de notre sujet de discuter ; si nous sommes également hostile à la municipalisation du sol urbain — ce serait, croyons-nous, une très mauvaise affaire, une source de difficultés financières et administratives inextricables pour les villes, — par contre, nous pensons qu'il est possible *dans une certaine mesure*, de corriger par l'impôt l'injustice de certaines plus-values foncières dans les villes. Sans doute, il est très difficile en certains cas de discerner la plus-value non gagnée de la plus-value due au travail ; sans doute certaines municipalités, hantées par cette idée de plus-value imméritée, ont beaucoup abusé des taxes foncières (1) et causé des crises immobilières (2) ; l'on peut cependant, à notre avis, imposer des contributions spéciales pour les dépenses de travaux publics aux propriétaires qui en retirent des avantages particuliers ; l'on peut aussi édicter des taxes sur ceux qui laissent leurs terrains improductifs et les asseoir, en ce cas, sur le capital et non sur le revenu.

(1) En France il en a été ainsi en certains endroits pour les taxes établies en remplacement de droits d'octroi. C'est là surtout le fait des municipalités socialistes.
(2) Ainsi à Lille.

Imp. J. Thévenot, Saint-Dizier (Haute-Marne)